KB142600

좋게

나쁘게

좋게

좋게 나쁘게 좋게

초판 1쇄 인쇄 2017년 12월 27일

초판 1쇄 발행 2017년 12월 27일

지은이 김주련

펴낸이 이재원

펴낸곳 선율

출판등록 2015년 2월 9일 제2015-000003호

주소 경기도 구리시 동구릉로 148번길 15

전자우편 1005melody@naver.com

전화 070-4799-3024 팩스 0303-3442-3024

인쇄 예원 프린팅

ISBN 979-11-954855-8-1 03810

값 6,000원

김주련 시

좋게 나쁘게 좋게

신율

서시

라고 쓰려는데

키보드가 가다 섰다

섯

시옷과 시옷이 엇대고서

거기 가야할 곳 있다고

손가락으로 가리켰다

우두커니 바라보다

화분에 발이 묻히고

발가락 끝에서 간지럼이 피어나기를

기도하는 손이

뒷짐을 진다

시라고 먼저 써버리면

서는 일 없이 가게 될까

시라고 쓰면

–

–

여기

별일 없으시죠

없음이 안녕이 되는 날이에요

여기는 허무로 가득 차 있어요

헛되고 헛되며 헛되고 헛되니

헛되어 가득하고

헛되어 있고

헛되어 안녕해요

하루의 시작에서

인사말이 자주 생략되어요

분분한 마주침이

호젓한 길을 내고

소진되지 않은 안부들을 모아

시간을 견뎌요

바람은 그쪽에서만 불어오나봐요

은행잎들이 바스라지면서 뜨거워

덮어놓은 이야기가 사그라져요

변하지 않았어요

불안이 안심이 되고

절반씩 무너져 내리는 절벽이

뜻밖의 손을

숨어 키우고 있다는 믿음이

자라기도 전에

나는 나를 놔버리곤 해요

거기 그냥 있어요

별일 없이 지내요

허공을 접어 밀면

이쪽에 남은 허공이 넉넉해서

나는 발을 딛지 않아도 돼요

나를 잡지 않아도 되는 나를 불어가며

여기 있어요

아무

빗방울은 끝까지 침착했다

주남저수지는 모든 가능한 빛을 먹어버린 연밥의 중심으로 마르고 있다

누군가의 둘레는 9월의 억새로 자주 베다가 다시 수습이 되었다

Hodie mihi, cras tibi

호디 미기, 크라스 티비•

그래서 고맙다는 말을 해야 합니까

관 아래 눌린 기도가 같이 불살라지면서

나의 안녕은 뒷걸음치고

너의 목적지와 거리를 두었다

거기 모름

여기 모름

너의 없음으로

누구도 없는 자정의 열차 안

발밑으로 흘러오는 믹스커피 향에

마음이 엎질러진다

shekinah•

여기 누구 있다

없어서 어두운 곳

어두워서 보이지 않는

밤이면 믿음이 자라고 성장하는 나무 아래

알맞은 거리로

사랑과 사랑과 사랑은

항상 있기 어려울 진대

미안과 미안과 미안은

항상 있을 것이어서

힘을 다해 머리를 숙인다

기별은 주라

없어서 없다고

없다는 기운은 주라

• 호디 미기, 크라스 티비는 '오늘은 나에게, 내일은 너에게'라는 뜻을 지닌 라틴어로 로마의 공동묘지 입구에 새겨진 문장으로 알려져 있다.
• shekinah(쉐키나)는 히브리어로 '거주'라는 뜻을 지니고 있으며, 신의 현존을 가리키는 말이다.

빠듯한 사람

사무실 문 여는 바람에

해마리아 꽃이 휘청거린다

요양원 총무 친구에게 전화를 걸어

봄의 안부를 묻는다

어김없이

올해도 몇 명 보내드렸다는 소식에

요즘은 직접 염을 하지 않아도 되니

다행이라고 다독인다

친구의 남편은

친구의 손을 무서워했다

그 손이 닿을 때마다 지 몸도 굳는다고

그 손이 해준 밥에 자주 체한다고

친구의 안부는 명랑해서

물소리가 나고

모두가 그만큼씩 예쁜 아침이다

사무실 계단에는

몇 해 전 심은 둥글레가 갑자기 환해지고

이렇게 검은 뿌리에서 이렇게 흰 꽃이 올라왔네

하던 긴 손가락이 줄기마다

따라와서 웃는다

세면대에 물 받아놓고 울던

얼굴이 심심하다

환한 발꿈치를

끝까지 보여주던 뒷모습과

김밥을 들고 달려가던 옥수역의 새벽은

잘 있겠지

어쩜 이렇게 하얗게 웃고 있니

눈물은 다 잘 있니

하루 종일 책상 위에 쌓이는

빠듯한 사람

오늘은 그 앞에 쪼그리고 앉아서

깜깜한 머리카락들

다 만져야겠다

서명

그날

아버지는 연필을 쓰지 않았어요

내 이름은 술 취한 자전거 위에서 태어났대요

아버지가 이름을 불러보자

오늘의 예감이 달려들어서

자전거에서 떨어졌대요

여기

서명해주세요

간격이 글자를 책임지고 있어서

그 사이에 걸터앉아 이야기를 듣고 싶어요

그 틈을 타고 간지럼을 태우며 놀고도 싶어요

밤하늘엔 일 십 백 천 만 억 조 경 해 7백해 개의 별들이 서명을 하고

5월의 대지 위엔 7십억 숨이 풀 속에 들어앉아서 7백자 씨방을 만들고 있어요

세상의 모든 씨들은 당당해요

씨 같은 글자로 이름을 쓰다 다음 이름을 붙여 썼어요

연필 책 지우개 책 연필깎이 책 만년필 책 인공눈물 책 안경 책 손수건 책 화분 책 초록 글자 글

책상을 떠나야겠어요

야근식당 식탁위에도 이름이 차려 있네요

이름은 먹어치워야겠어요

그냥

밥 주세요

수식어가 없는 이름은 밥값이 괜찮아요

소매 끝에 따라붙는 밥풀을 뜯어내며

저 혼자서 무릎을 쳐요

지어줄 이름이 없어서 다행이에요

신발장

멀리까지 간 것 같은데

모르는 길이 모르는 길을 열고

모르는 사람들이 걷고 있다

멀어서

사람들의 신은 반짝였고

신의 끈이 길고 단단했다

여기요, 혹시 길이 있나요?

여기요, 혹시 내가 보이나요?

사람들은 저만치서 명랑하고

나의 신은 이른 어둠에 빠져들었다

나만 말하고 나만 들을 수 있는 방에서 꿈을 꾸고 있는 것 같아 꿈에서도 길을 놓치고 가까스로 잠을 자고 있는 나에게만 보이는 나에게 일어서라 했다 걸어라 했다 나는 거듭 신의 무사를 빌었고 신은 어둠 속에서 발가락 열개의 안위를 만지고 있었다

어디라도 도착하면

누구라도 맞아주면

그래서 신을 벗으면

할 말이 많아지고

편지는 길어지겠다

모르는 사람들의 신발장에선

나의 신이 나를 견뎌온 날을 말리고

새롭게 데려 갈 곳으로 방향을 잡고 있다

끝은 모르고

다시 신의 끈을 묶는다

목련의 향방

시치미를 떼는 한 달 전 얼굴은

찾아볼 수 없는 확연히 다른 표정 앞에서

다른 표정을 짓지 않으리라고는

생각할 수 없는 난처함이

생각지 못한 표정을 만들어낸다

그늘의 크기를 키우면

무성한 침묵이 자리 잡는 듯 하다가

한꺼번에 불쑥 비밀들이 터질 것 같다가

생각지 못한 말이 배시시

감쪽같은 표정을 만들고

예상치 못했을 웃음도 보탠다.

웃음에도 취급설명서가 있어서

조심스럽게 응대해야 했는데

차르르 스르륵 덜컥

발목이 걸려 나는 좀 아프다

밤하늘 아래선

표 나게 주먹주먹 치받고 있는 것으로도

자부심이 굉장한데

한 가지 장점을 장착하고서

애써 표정을 들키면서

말을 파고 걸고 널다 보면

말이 웅성거려서

미리 자지러진 표정에

단어들이 접히면서

말이 밟혀 봄은

자주 미끄럽다

뒤엉킨 몸 밖으로 난 몸이

말을 건네고

말을 건네고

너무 오래 말해서

거의 알아들을 만한 얼굴로

이사

다 다르게 사연이 있는
화분들을 모아 한층 아래로 옮겼다

여섯 개의 다리가 확실한
개미들이 층위를 바꾸며 위로 향했다

무슨 맥락이 보이는 것도 같아 다가서니 말줄임표만 남아있다

책들은 모처럼 옆으로 누워서야
제대로 읽혔고

일꾼들의 팔에서 짐이 되어온
시간에 대해 열띤 논쟁을 했다

의외로 얇은 책표지 안에서 문장 몇 개가 머리를 박고

아래층으로 내려오지 않았다

액자를 떼어 보내는 벽에서 저 있던 자리를 지키려 애썼던

비밀들이 부스스 떨어졌다

단어 몇 개는 오래전부터 아래층에 살고 있었다는 듯 낯익은

주인을 맞이했다

각각의 화분에 수천의 숨소리가 있다

각각의 책에 수천의 숨죽임이 있다

각각의 사람들 사이에 수천의 내가 있다

앞으로는

나를 옮기는 이야기 따위의 시를 쓰지 않을 것이다

시를 쓰지 않아도 세계는 나에게로 온다는
신화가 시처럼 살아서
여기저기 옮겨 다닌다는
믿음이 여기선 꽤 통하는 것 같다

무엇이 한 층 올라갔다
무엇이 한 층 내려갔다
그 사이에서

돌멩이 하나가 떨어져 소심하게 뒹굴며 길을 잃었다는
예감 속에서도 어울리지 않으면 어때하며
입 꼬리를 위로 향하고 있다

자주 체하는 날

잠에서 일어나 잠으로 도망친다

이런 때에 어떻게 잘 수 있느냐고 야단이다

주소도 이름도 직업도 속이고 잠속에 기어들어온

몸뚱아리 하나

꿈에서도 풀 수 없는 실마리에 덜컥 붙잡혀

잠은 더 단단해지고 바다는 기가 차듯 시퍼렇다

밤낮 삼일 잠

머리끝에서 발끝까지 뒤집혔다가

기울었다가 뒤집혔다가

멱살 잡힌 기도에 눈알이 또르르 말린다

토해내고 싶은 것이 많을수록

내가 토해지고 나면

해변은 가장자리부터 당황스럽고

파인 눈에 고인 물을 따라 너의 바다는

영문을 모르고 종일 두들겨 맞는다

아프니

이렇게 아픈 날을 위해

여기 바늘이 있어

발가락 열개 손가락 열개라는 것을 보여주는

투명함이 있어. 조금만 몸의 각도를 틀면

떨어진 비늘이 한꺼번에 떠올라

깨진 표정들을 수습하려 들고

아픈 너의 이름이

비위를 건드리며 비릿하다

시험

뒤에 있지 말고 앞장서라는 말을 영어로 옮겨 쓰라는 시험지에 backward와 forward만 써놓고 단어 사이를 왔다 갔다 하다 잠에서 깼다

광장에 갔다 구석에 몰아놨던 부끄러움들이 갑작스런 바람에 푸드득 일어나 맹목적인 눈 속으로 빨려들었다 순식간이었다 부끄러움을 던져버릴 수 있는 것은

행-진. 앞으로 가야 했다 영문을 모르는 다섯 살 아이는 자꾸만 세상을 뒤집어놓고선 주문을 외웠다 ㅓㄹㅓㅎㅕㅇㅓㅎㅓㄹㅓㅎㅕㅇㅓㅎ 일의 전모를 아는 어른들은 거꾸로 설 줄을 몰랐다

예배를 기다리듯 저녁뉴스를 맞이했다 오늘의 예물은 광

장에서 주워온 돌멩이 그러면 나는 맞지 않을까 참배객의 등에서 휘어지는 반성에 어제의 참회는 오늘의 정죄로 덮어지고 마음은 제 모양을 갖추지 못한 채 잠을 뒤집는다

앞일까 뒤일까 새벽에 다시 꾸는 꿈은 며칠 후 일어날 일의 전복 나는 어디에도 못서고 잠에서도 길을 내고 있다 여기는 광장이다 길 따윈 필요 없는 앞뒤 따윈 상관없는 사람이 많은데 소리는 하나인

잠속에서 잠을 기다리는 밤새 나머지 부끄러움이 다시 자라나고 있다

각자의 방식

나쁜 년. 퇴근 길 어둑한 골목에 들어서며 뱉은 말은 아름다운 시. 어둠의 자세는 굳이 알려주고 싶지 않은 곳으로 번지고 마는 질 나쁜 만년필로 그려지고. 뒤늦게 수습에 나섰지만 옷을 벗어던질 수밖에 없는 지경으로 몰아간다. 사명이 있는 자는 죽지 않는다고 어둠이 어둠의 사명을 골목의 가로등에 걸고 몸을 감춘다. 믿자. 곧 달팽이가 도착한다고 한다. 아버지의 아버지들도 달팽이가 오고 있다고 했다. 달팽이가 오고 있다는 메시지를 질 좋은 볼펜으로 그린다. 육각의 면을 가지고 있지만 시작부터 미끄러지는 구슬 촉은 달팽이라는 말에서 동그래진다. 지금 써지는 말이 현실이고 사실이다. 달팽이는 오고 있을까. 이런 말이안되는말같은말을 쓰기 위해 돌아서서 퇴근 없는 출근 길 빛이 오지 않을 것 같은 길을 나서며 미친 년. 말이되는말을 네가 왜. 다 새어 버린 볼펜심을 버리고 나만의 방식을 얻고 싶다. 욕은 거리에서 매일 새롭게 태어나고 애써 배운 말들이 무더기로 사라지는 이상한 새벽, 세상은 아직 태어나지 않았다는 의심이 진심으로 싹이 나고 농담들이 신소재 우비 속에 곰팡이처럼 피어오르면 그 속에서 인간을 닮고 싶은 신의 활동이 시작된다고 한다. 사람들은 고전이 된 문체를 버리고 각자의 방식을 앞세우고 나는 새로 고른 단어들에 걸려 자주 넘어졌다 일어섰다 넘어졌다 일어선다

계속

그 길을

졸면서 걸었다

오래 걸었다

한낮의 대단했던 싸움이 어떻게 끝났더라

살기 위해 병사의 옷으로 갈아입은 장군은 전장을 돌아다니며 싸움을 부추기느라 자신의 화살 통은 비워지지 않았다고 했었나 어린 병사의 손에 서툰 화살이 빗나가 장군의 심장을 뚫기까지 장군의 하루는 완벽했다는데… 병사의 옷을 입지 않았더라면 지금쯤 장군의 입에선 기찻길 옆 오막살이 아이에게 불러줄 자장가가…

자다 깨다 손톱을 세워

유명하다는 시 한 구절을 팔목에 필사했다

낮의 그 이야기만으로도

오늘 밤에는 혓바늘을 재울 수 있겠지

손을 보다가 기도가 나왔다

나에게 새로 만든 길은 그만 보여줘요

길에게 새로 만든 나를 좀 보여줘요

기도가 마음에 들어서

기도를 들어주기로 했다

눈을 뜨면

이 길은 나를 몰라보고 반갑게 웃을지도

몰라보기는 매한가지라고 비웃을지도

오는 밤에는 이야기가 어떻게 될까

무심코 날아간 화살은 장군의 갑옷에 꽂혔고

무심코 시작한 내 이야기는 어디에 도착할까

자정의 문 앞에서 신을 벗기까지

졸면서 걷는 동안

더 긴 이야기를 생각해야지

이야기에 빠져 잠들지 못할 이야기를

걸으면서

졸면서

이야기를 생각해야지

압화

초록의 이파리들이 때도 없이 물을 빨고

우리의 대화는 철없이 좋았다

급하게 꽃으로 피어야 한다는 열심은

기쁨을 기뻐하겠다는 의지라 좋았다

성장. 그리고 며칠

한쪽으로 두통

보랏빛이어서 더 좋았던 꽃잎은 목이 마르고

물을 줄 수 없는 손가락은 멍이 들었다

이대로 안녕

아쉬움을 남겨 아쉬워하자 가장 긴 이야기 속에 묻어 두자

이대로 이야기는 눌리고 색을 입은 문장들이 줄거리를 생략해도 후회 없는 결말일 거야 아쉬운 것은 이 초록 이 보랏빛

마름. 그리고 영원
오늘은 체하지 말아야지

죽도록 힘을 다해 죽어서
아픔은 눌린 채 벽에 고정된다

다시 태어나지 않아도 돼

안녕은 죽어서도 낯빛을 잃지 않고
이야기는 마르고 마르도록 이어지니까

너의 자리

소설을 좋아했던 너에게 불쑥 내민 책 한권 읽을 시간은 나에게나 필요하고 정돈되지 않은 내 여행 끝은 수십 개의 신발이 뒤엉킨 너의 현관에서 자리를 찾았는데

너의 두텁고 순한 안경은 간데없고 학습지들이 뒹구는 마루에서 먼지보다 가볍게 떠다니던 눈동자가 각자의 방식으로 뒹구는 다섯 아이들의 정수리에서 맴돌다가

혼자 다녀온 나의 여행지를 칭찬하며 멈춰 선 너의 자리를 닦아내던 걸레이며 행주였던 수건이 우두커니 자리에 걸쳐 탁탁 말을 받아주다가

8월 끝물 수박이 쩍하니 갈라지는 소리와 함께 나의 바다는 아아.하고 소리를 지르고 너의 방은 어어.하고 수박물을

받아주다가

다음에 또 오세요. 작별의 인사는 걸어도 걸어도 너의 자리. 여기가 진이고 선이고 미라고 하려던 말을 꺼내지 못하고 자정의 고속도로 위 추월금지 차선을 가르면 나의 고요에 수박물이 번지고 씨들이 남는다

봉사활동

소방차를 좋아하는 아이와 놀아주다

불이야 불이야 소리를 지르다

밤이 오자 불을 지르고 싶었어요

재산이 불일 듯 일어났던 동네친구의

계사에는 AI 발생으로 참기 힘든

똥냄새만 가득하고 스레트 지붕위에선

붉은 앵두가 세상모르게 익어가고 있었어요

가정 요양사님이 보란 듯 말라 쭈그러진

사과며 배며 오렌지를 내놓으며

좋은 음식이 상하기를 기다렸다가 잡수시는

어르신의 습성을 한탄하고 있었어요

이동 목욕 차에서 어머니가 나오시며 시원하다 하시고

불그스레한 뺨에선 살고 싶은 의지가

아침보다 탱탱해지고 있었어요

아이가 앵두 잼을 만지며 웃어댔어요

알만한 웃음이어서 고개를 젖히고 따라 웃었어요

어머니가 까만 생선을 더 태우며 애를 태웠어요

알만한 아픔이어서 쓴맛이 살아났어요

시를 쓰고 싶은데

고층 아파트에 불이 났다는 자막이 속보로 떴어요

소방관이 되고 싶어 하는 아이에게

이모가 불을 냈으니 와달라고 전화를 했어요

사이렌 소리와 함께

창문 밖에서 소방호스가 길게 춤을 추며

나를 조준해요

나는 이제 젖을 거예요

젖어서 시 대신 춤을 출 거예요

그냥

10월이 되면 계속 꽃이 피고 다래가 만들어져도 솜은 거의 터지지 않습니다.* 나는 펼쳐놓았던 짐을 빠르게 쌌다 노르웨이 베르겐 항구는 다 돌아다니고도 해가 지지 않아서 그날로 떠날 수 있었다 시인이 흥하는 곳은 안전하지 않아 시집을 버리고 꽃이 피었다는 집으로 돌아왔다 솜이불 속에서 시는 잠자고 있고 죄가 반듯하게 머리를 들고 있다

걸었어. 가자미 근 파열이래. 나는 물을 무서워하는데 너무 오래 바라봤나봐. 차표를 버리고 돌아오는 길에서 사실 떠나는 것보다 여기 머무는 것을 좋아한다고 말했어. 가자미구이는 이제 좋아하지 않을 것 같아. 생선에게서도 사람냄새가 나

쓰고 싶어. 초록에 대해서. 오래된 키보드는 쉬프트 키가

눌려져 있어서 된소리만 적히고 내가 쓰고 싶은 말이 떠오르지가 않아. 연필을 깎아보려고. 그냥, 계속 궁금해. 시가

백야야. 시가 터지는 밤엔 어둠이 물러갈까. 이태 전 봄날 어둠을 예견한 시인이 나더러 흙 속에 같이 내려가자고 했어 지금은 창세전이니 이제 곧 진짜 사람이 태어날 거라고 땅이 혼돈하고 공허하고 흑암이 덮인 걸 보니 그날 시인에게 신탁이 임한 걸까

시인이 만든 책이 왔다 책과 함께 목화씨앗이 따라 왔다 떡잎이 줄기가 새순이 솜털이 따라왔다 8월이 되면 솜이 터지기 시작합니다. 8월의 땡볕 아래서 솜은 빠르게 팡팡 터집니다.• 시인 쓴 설명서를 따라 물에 불린 씨앗을 조심조심 흙으로 덮자마자 어둠 속에서 시가 터지고 있었다

• 눈치우기 총서 3 〈흑면백면〉 리워드 목화재배 설명서에서

너의 죄목

먹을 것을 물고기에게 주지 마세요

규정은 애초부터 지켜지지 않을 것에 대한 확신의 표시

배부른 배신은 작은 호수에 넘치고

밝은 눈의 이방인 한 사람

그 곳에 머물러 허리를 굽혔어

이 죄인 이 죄인 이 죄인

지은 죄를 모르겠습니다

이 죄를 없애기 위해

이 죄를 짊어졌다는 사람을

믿지 못한 죄라고 하시니

이 사람 이 사람 이 사람

평생 지은 죄목 한 그루 여기 심어도 될까요

고요를 삼켜 천의 봄을 말하는 그곳에서

나의 한 가지 커다란 소란은

기도하는 맨손을 자르고

나의 귀를 베고 말았어

톨스토이의 야스나야 폴라나 같은

젊은 예수의 겟쎄마니 같은

어두컴컴한 우리의 정원은

목련꽃 몇 개 턱 턱 떨어지며

눈이 떠지는 4월이야

그곳에 갔어. 안개가 끼어 어두운 곳

나는 흐리고 쌓이고 감기고 길어졌어

새는 발음이 또박또박 따라 나와

가슴뼈가 접질렸지

에고 에이미•

꽃들의 외마디 선언을 듣고

여기 사람이 있다는 말은

삼킬 수 있었어

• 'I am'이라는 뜻의 그리스어로, 예수가 자신을 가리켜 '나는 나다'라고 선언한 말

받은 편지함

아침마다 받은 편지함에 안녕들이 쌓인다. 안녕하세요. 안녕. 사이에 여기 내가 있다는 안도감이 오늘의 둘레를 만든다 당신은 거기 있으면서 안부는 없고 안부도 없이 나를 지키고 있다 나는 혼잣말의 안부를 묻는다 고맙습니다 당신들의 이름

안녕하세요. 모르는 안녕을 나누자마자 옆 좌석 남자의 숨소리가 내 호흡을 삼켰다 나는 잠자리를 수선하고 어디선가 내 꿈을 꾸는 당신의 잠을 끝까지 밀쳐냈다 당신의 손금 위에서 여행 지도를 그리며 나른하던 눈은 내가 많아서 자주 길을 놓쳤다

안녕. 하루의 명랑한 인사는 껍질을 벗기지 못한 캔디처럼 입안에 있다 길 잃은 오후의 어지러움을 흘리고 있다 목적지에 도착 안녕을 둘러싸고 있던 껍질만 남아 말은 다 헐었다

휴지통으로 보내지 못하고 받은 편지함에 쌓아둔다

안녕할게요. 수북한 교정지에 빼곡한 인사말 속에서 나의 말은 새롭게 태어난다 말들은 태어나자마자 다시 괄호로 묶이거나 말줄임표를 만난다 가까스로 건사된 말들은 무사히 말해질까 나의 다짐은 말의 안녕을 지켜줄 일이다 안녕아 안녕해줘

사면

여기가 길

지도를 가지고서

서두르지 않았는데

길을 바꾸지 않았는데

오른 발이 늘 짧아서

길은 절름거린다

걷는 자가 구원을 얻으리라

카인이 미움을 받고

아벨이 사랑받은 이유가

걷고 걷는 영혼이어서라고

지팡이가 왼발 뒤축을 탁탁 건드리며

꿈속에서도 등을 민다

내일은 모르고 오늘은 걷고

멍이 드는 일은

눈을 감고도 걸을 수 있는 길에서 벌어지겠지

예견일 뿐인데 적중은 예사롭고

떠나는 자에게만 구원의 가능성

목적지에 도착

헤어지지 않은 신발

젖지 않은 옷

써야 할 만큼 담지 못한 말

이내 돌아갈 텐데

여백은 사면으로 젖혀져 기다릴 텐데

등을 돌린 채

마른 양말만 벗어 던질 것 같아

이명

스스로 태어났다
혼자 돌아눕는 밤의 뼛속에 몰래 들어가 알을 낳고

제대로 말을 배우지 못했다
나면서부터 북소리 바람소리 빗소리 새소리 종소리 파도소리에 묻혀

말을 한다고 하지만 우는 소리다 울지 않고는 소리를 내지 못한다

체제의 반역자다
말을 들을 줄 알아야 귀 노릇을 할 텐데
아무도 말하지 않을 때도 저 혼자 울며 소리를 내니

어둠과 침묵이 엄격하게 마주하는 시간

벽에 걸린 액자 속 비명까지 챙기며 이게 다 외로움 때문이라고 한다

외로워서 열려 있고 외로워서 들어오는 누구나 붙잡고 밤을 맞는다

사로잡힌 포로들은 밤보다 더 어두운 침묵에 질려 일제히 사무쳐 운다

우선은 그 울음부터 달래놓고 보자

뭘 좀 먹이는 것이 좋겠다

뭘 좀 먹는 일은 별 것 아닌 것 같아도 도움이 된다.•

먼저 곁에 사는 눈 코 입에서 숨을 빌려오자

한번이라도 있는 힘껏

귀의 허기를 채우기 위해

배고파본 적이 있었느냐고 물어보면

얼마든지 내줄 것이다

귀부터 먹이고 볼 일이다

숨을 몰아주고 볼 일이다

• 레이먼드 카버의 소설, '별것 아닌 것 같지만 도움이 되는' 인용

체크인

예약했습니다

며칠 전부터 얼굴이 달뜨고

목이 따갑고

식은땀을 흘리면서 들락거리다가

드디어 등으로 바람이 들 듯

한방에 자리를 잡았습니다

짐을 쌌습니다

요령부득인 생활을 접고

여러 번 접다보니 단단한 짐이 되었고

컨베이어벨트에 올려놓으니

손에는 가벼운 숫자가 올려졌습니다

탑승구 12번, 좌석 48C입니다

짐이 될 자격을 얻었습니다

짐을 보내고

짐이 되었습니다

어서 오십시오

짐을 받아주는 손이 하얘

낯선 문 앞에서 웃고

굳은 어깨가 풀어졌습니다

잘 부탁합니다

짐이 되지 않도록 노력하겠습니다

약속은 먼저 짐이 된 나에게 짐스러웠고

생활은 접힌 채로 더 부풀었습니다

그렇게 우린 비슷하게

짐이 되어 기댑니다

좋게 나쁘게 좋게

사람 살려

늦겨울 오대산 계곡에서 내지른

외마디에 사슴처럼 뛰어온 하얀 앞발이 있었다

사람을 구해내고 쪼그리고 앉아 담배를 피우는

이끼 낀 등허리가 있었다

겨울 숲을 가르는 담배연기는

지상에서 올려지는 향기로운 예배

그 앞에 무릎을 꿇었다

좋은 일이었다

나쁜 일이었다

집으로 오는 길에

산길을 걷다 햇빛에 홀려

넉줄고사리를 캐다 심었다

아침마다 물을 주며 미안하지 않기를

시든 이파리를 떼어내며 미안하기를

좋은 일과 잘 지내기를

나쁜 일과 잘 지내기를

빌고 빌었다

착하게 살자

좋은 일에게 손을 주고

나쁜 일에게 인사정도는 하고

좋게 나쁘게 좋게

매일 자라는 손톱만큼

좋아서 나쁘게

나빠서 좋게

조금씩 어지럽게

왜

이렇게 사냐고 물으면

오늘밤 뉴스는 계속 나쁘고

나는 여기 있어서

잘 모르겠어서

좋은 사람이어서

나쁜 사람이어서

내가 여기 있어서

둘레

올해는 축복 같은 눈꽃이 피었다고

열매들이 제 고집 다해 잘 매달려 줬다고

단풍도 모처럼 애써서 참 고왔다고

이파리 하나는 유독 파랬다고

그래서인지 미리 핀 꽃이 먼저 울었다고

열심히 설명할 필요가 없었다

거긴 아우성이 어지럽다고

여긴 게으름이 현저하다고

왼쪽으로는 울음이 우습다고

오른쪽으로는 노래가 운다고

총성이 들리는 집과 폭죽 터지는 집이 같다고

몸을 기울여 듣지 않아도 되었다

세상 끝에서 마주한 얼굴은 표정이 없고

말들이 빠져나간 귀를 만지고 있고

모든 매일이 명백히 나만의 일은 아니었고

어제의 사건이 오늘과 짝지어 어울려 다니고

내일은 내일이 되어야 알 수 있고

다 쓸 데 없다는 말은 꽤 쓸모가 있어서

12월의 무심한 얼굴을 지나면서

내 자리에는 막 그늘이 지나면서

울룰루. 바위가 되길 바라진 않으면서

울룰루. 거대한 바위를 입안에 굴려보면서

조금씩 돋아나는 혓바늘에 안도하면서

오늘의 안부조차 묻지 못하고 내가 파인다

예언자

이런 빌어먹을

새벽부터 가늘게 뜬 눈으로

고운 햇살을 빌어오고

어제는 밤늦도록 톡톡

머리맡에 떨어지는 위로를

다 받아 발끝까지 데웠지

한때는 큰맘 먹고

빌어먹지 않겠다고

이 악물고 뛰었고

이리저리 힘차게 펄럭이다가

손에 쥔 것은 지나가는 바람뿐

빌어먹을 넌

엄마의 엄마가 말했지

평생 벌어먹는 엄마의 발꿈치는 돌이 되고

숨죽은 버선코는 날마다 꿀럭꿀럭

네까짓 것이 무슨 일을 하겠니

한껏 빌어먹는 것이 소명이지

빌어먹는 년

욕을 넘어선 축복

빌어먹는 이야기

하늘 향해 빈손 드는

대책 없는 사람 되라는

할머니 예언자의 백번 들어도 좋은 욕

근하신년

새해 복 많이 받으세요.

며칠 째 미세먼지에 묵었던 말들이

출근길 위에서 한꺼번에 깨어난다

더 건강하세요.

부푼 허리 위로 대답이 밑도는 동안

얼어붙은 입 밖으로 새어나온 호흡들

제 처소로 돌아가는 입구를 찾지 못해 흩어진다

연필을 깎고 조금 더 길게 깎고 조금 더 예쁘게 깎고 한 개 더 꺼내서 깎고 열개를 다 깎고 보니. 하얗다. 말들이 자리를 찾아 앉기까지 너무 깨끗하다. 가만히 종이 위를 만진다

아침 식사 같이 해요.

가평 산길에서 만난 하얀 눈 산지기가

이팝나무에 딱 달라붙어 그대로 밥이 되어

시원하게 배를 채워 준다

오늘 참 기분 좋게 춥죠.

쨍한 코끝에 인사말이 걸리고

빨간 귓속에서 안부가 데워진다

그래 가자 웃자 아침에 길을 나선 이곳이 안녕하고 좋은 자리를 내준 것처럼 거기 그냥 좋은 사람 되어있으면 돼 그러면 돼 말이 돼

후기

-

추천의 말 (김소연)

후기

시인의 꿈이라는 것이

꿈이 아니었다. 시인(詩人). 말의 사원을 짓는 사람. 직업군의 호칭으로 따라붙는 ~家나 ~士나 ~ 師가 아니라 사람이 붙어서 좋다는 시인의 말이 좋았다. 시인의 꿈이란 다름 아닌 사람의 꿈이었고, 사람으로 잘 만들어지기 위해 말을 제대로 잘 하고 싶은 말의 꿈이었다. 그래서 아는 대로 말하던 버릇을 고치는 더디고 고된 퇴고의 작업이, 사는 법을 조금씩 새로 배우는 시간이 되었고, 이 시간에 태어난 말들이 시가 되었고, 시를 쓰다 보니 그냥 시를 쓰는 사람이 되었다. 이렇게 시인의 꿈을 이루는 사람도 있다.

신앙인으로 사는 것이

시를 쓰게 했고 시를 멈추게 했고 다시 시를 쓰게 했다.

정답지를 받아들고 기뻐서 환호했던 시간들이 오랜 방황을 끝내주었다. 그것으로 시였다. 그러다가 어느 순간 높은 볼륨으로 오랫동안 답을 외치던 목소리가 갈라지고 쉬는 것을 느끼며 말이 없어졌다. 매일 써야 할 것이 있고 매일 읽어야 할 것이 있어야 사는데 말이 안 되는 말들에 말이 되는 말들이 먹히는 것 같았다. 살아야 해서, 정답을 외치는 자리에서 슬그머니 빠져나와 말을 구하는 사람들 사이에 묻혔다. 같이 말이 안 되는 말들을 하다가 신앙인이라는 것이 실은 말이 안 되는 말을 하는 사람임을 깨달으며 시가 내게로 스며들었다.

그래서 이렇게 쓰는 것이

맞는지 모르겠다. 틀려도 좋다. 쓰는 것이 있어서 산다. 살아서 쓴다. 읽을 수도 있고 지울 수도 있다. 2B 연필로 소심하게 거듭거듭 소묘를 하다가 휙휙. 콩테로 그릴 때의 기분이 다르게 좋은 것처럼 무조건 쓰는 것이 좋다. 그래서 이렇게 써서 읽어보려고 한다. 자꾸만 해보라는 부추김에 마지못한 척 이렇게라도 하지 않으면 보일 길이 없어 보여 별용기를 다 내본다.

추천의 말

김소연(시인)

어느날, 사는 일의 막막함에 대해 친구들과 얘기하다 귀가한 적이 있었다. 할머니가 되어서도 어떻게 살아야 할지를 이렇게 고민하겠지 싶어 더 막막했다. 그때엔 이런 얘기를 나눌 친구가 남아있지 않을 것 같다는 생각에 다다르자, 나는 좀 무서워졌다. 그때 김주련을 떠올렸다. 할머니가 되어서, 서로의 한숨을 두 손바닥으로 받아줄 친구로 김주련을 상상했다. 상상하는 것만으로도 좀 덜 무서워졌다. 혼자 상상만 해보았을 뿐인데도 이 일이 이상하게도 나에겐 약속 비슷한 느낌이 되어갔다.

맨처음 김주련이 시를 배우러 나를 찾아왔다. 우린 아직 친구는 아니다. 친구가 천천히 천천히 되어가고 싶은 사람이다. 김주련이 써온 시를 읽어왔기 때문에 나는 김주련을 좋아한다. 그의 삶에 대해서는 별로 아는 게 없다. 시를 읽고 쓰며 살아온 내가 내내 기다려왔던 시의 씨앗들이 그녀의 시에는 가득했다는 건 잘 알고 있다. 그 씨앗들을 어떻게든 건사하는 데에 보탬이 되고 싶은 마음이 나에게 가득하다는 것도 잘 알고 있다. 신앙과 시는 등을 맞대고 있어서, 관점에 따라, 서로 배척하는 것처럼도 보이고 서로 의지하는 것처럼도 보인다. 누가 어떻게 쓰느냐에 따라, 시는 신앙과 철천지 원수처럼도 보이고 같은 사람의 오른발과 왼발 같아 보이기도 하는데, 김주련의 시는 후자다. 신앙과 시, 그 둘은 김주련의 시 속에서 치우침 없이 좋은 균형을 갖춘다. 김주련이 시인이 되었으면 좋겠다고 생각한 중요한 이유다. 김주련이 시를 쓰는 걸 2년 가까이 지켜보다, 나는 김주련에게 시집을 만들자고 재촉했다. 신앙과 시가 원래 이런 관계였다는 것을 더 많은 사람들이 느꼈으면 해서다.

할머니가 되어서 좋은 친구가 되기 위하여, 김주련이 시집을 내는 용기를 낸 거라고 나는 혼자 착각하기로 한다. 그래야 나도 김주련의 좋은 친구가 되기 위하여 어떤 용기를 내고 싶을 테니까. 한 적 없는 약속이지만, 어쩐지 김주련이 먼저 약속을 지킨 것 같다. 지키고 싶은 약속이 이 시집 때문에 내게도 비로소 발생되는 것 같다. 혹시나, 누군가에게, 꼭 지켰어야 할 약속을 - 혹은 꼭 지키고 싶은 약속을 간직한 채 살아가는 이가 있다면, 시를 써보시라고 말해두고 싶다. 몇 년을 천천히 천천히 정성을 들여서 김주련처럼 써보셨으면 좋겠다. 그리고 시집을 만드셨으면 좋겠다. 약속을 지킨다는 것이 어떤 느낌인지를 겪을 수 있을 것이다.